長歌行

中文愛藏版

肆

夏達

卷次

卷拾玖

退無可退

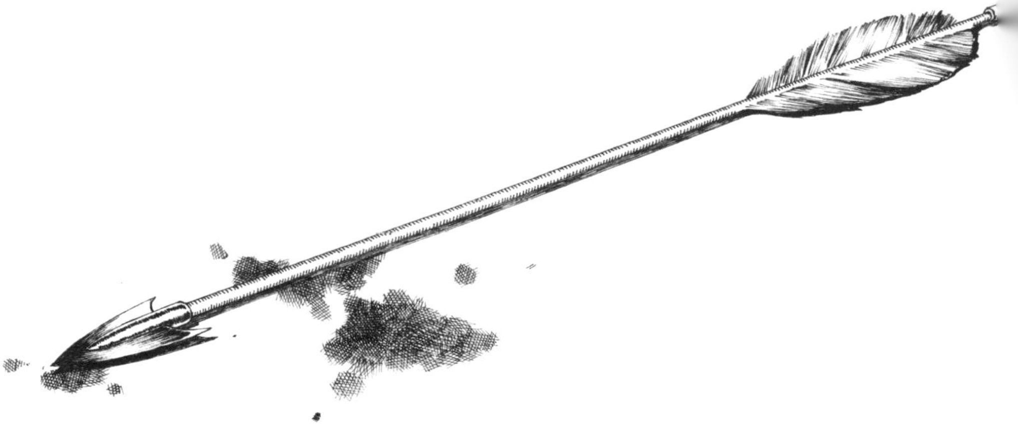

碰磅
隼大人!!
大人!
不要停!!
衝進去!!

啐

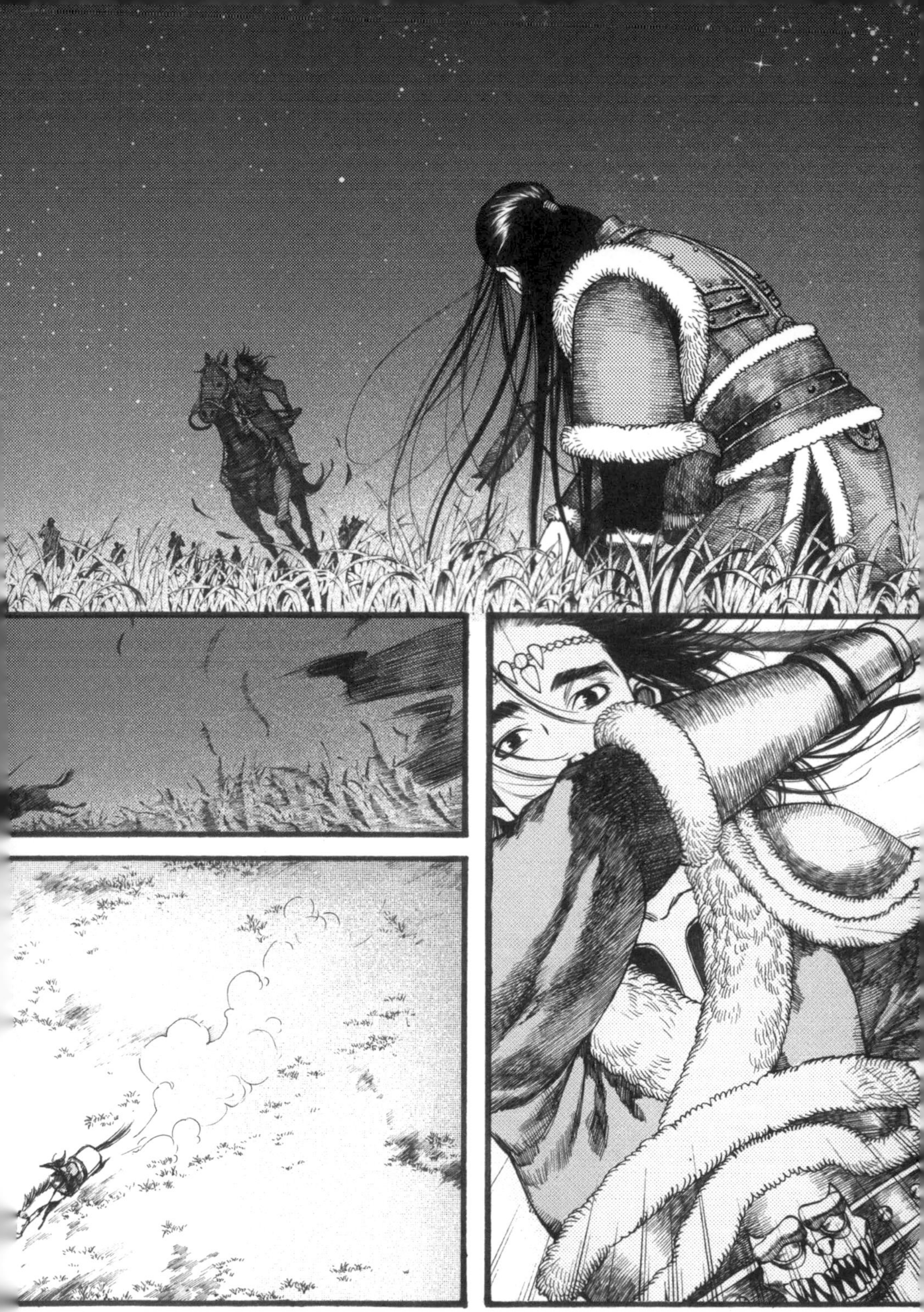

保護隼大人！
快撤退！
保護隼大人！
大人快走!!
我們斷後！

小可汗！
圍住了
一個也別放過
這小子……
速戰速決！
報!!後面殺來了一隊人馬！
是！

已經衝破側翼了！
阿史那社爾！
嗖

小可汗！
回去！
壓住陣腳！
全力追殺阿史那隼！
小可汗，剛才那隊人馬四散逃逸了！
別管他們了！
可……可是阿史那隼乘亂脫身，不知跟哪群跑了？

……追
朝著他們大營的方向追！
我倒要看看……
你能命硬到幾時？
噠
噠

喂……
少說點話！
這是……大營的方向吧？

我把大營
交給了小軍師
現在那裡最安全
……
你不要睡！
穆金!!
追兵
趕上來了！
前面就是
大營!!

甩掉他們！
全力突圍！
別睡！

你別睡！
給老子醒著啊
混蛋!!
一隊！
下去接應隼大人!!

二隊放箭！

小可汗！屬下帶兵追過去吧！
不用追，他們有準備了。

快馬稟告大可汗
阿史那隼抗命勾結契丹暗算於我，被我擊潰
現逃入大營與我對峙，請調兵馳援
順便告訴錦瑟夫人
一切盡如計劃。

沒傷到要害，
大人身子壯，休養一陣就好了
你先回去休息一下，我們這兒看著
追兵……沒有追來？
我擔心的也是這個。

這麼輕易的放手……一定有後招
他就不怕拖下去會被大可汗發現？
還是……
他根本就不怕大可汗發現？
……難道說……
長歌！
長歌，那孩子醒了！

彌彌妳別亂闖！
不是你說人一醒就叫你嗎？
孩子？
是奧丹的孫子
也許是唯一逃出來的人了。
帶我過去……
喂！

你就不能好好躺著休養嗎？
帶我過去
……

長歌
隼大人受傷了？
之前妳去哪裡了？
是不是有危險？
沒事兒，放心。
死心眼兒！
妳不也一樣
……

也就是說……
我接到命令的同時，
你們就被屠了營
然後被佈置成一個
用來狙殺我的陷阱，
連屍體都沒收拾。
……

對不起……
你會替我們報仇吧？
大可汗
小可汗
所有的突厥人，通通殺光！

你會替我們報仇吧？
別告訴我你不知道
你是契丹人！

長歌行

中文愛藏版

亞羅

隼的手下，突厥部族延翰家的勇士。在隼與小可汗衝突對戰之際，擔任往來奔走雁行門之間的信使。

卷貳拾
渡江

你可別告訴我
你不知道
你是契丹人！
真是……

既然收養了，又何必不管不護的……
小聲點
差點就活不成了
噓
※咄苾大人
你們出去吧
父親……

※阿史那咄苾：大可汗的名字，此時他還是將軍。

可好些了？
我沒有輸，我揍了阿史那社爾他們才放狼咬人的
孩兒沒給你丟臉。
父親，奧丹呢？他傷得重不重？
……
他已經回自己族裡去了。

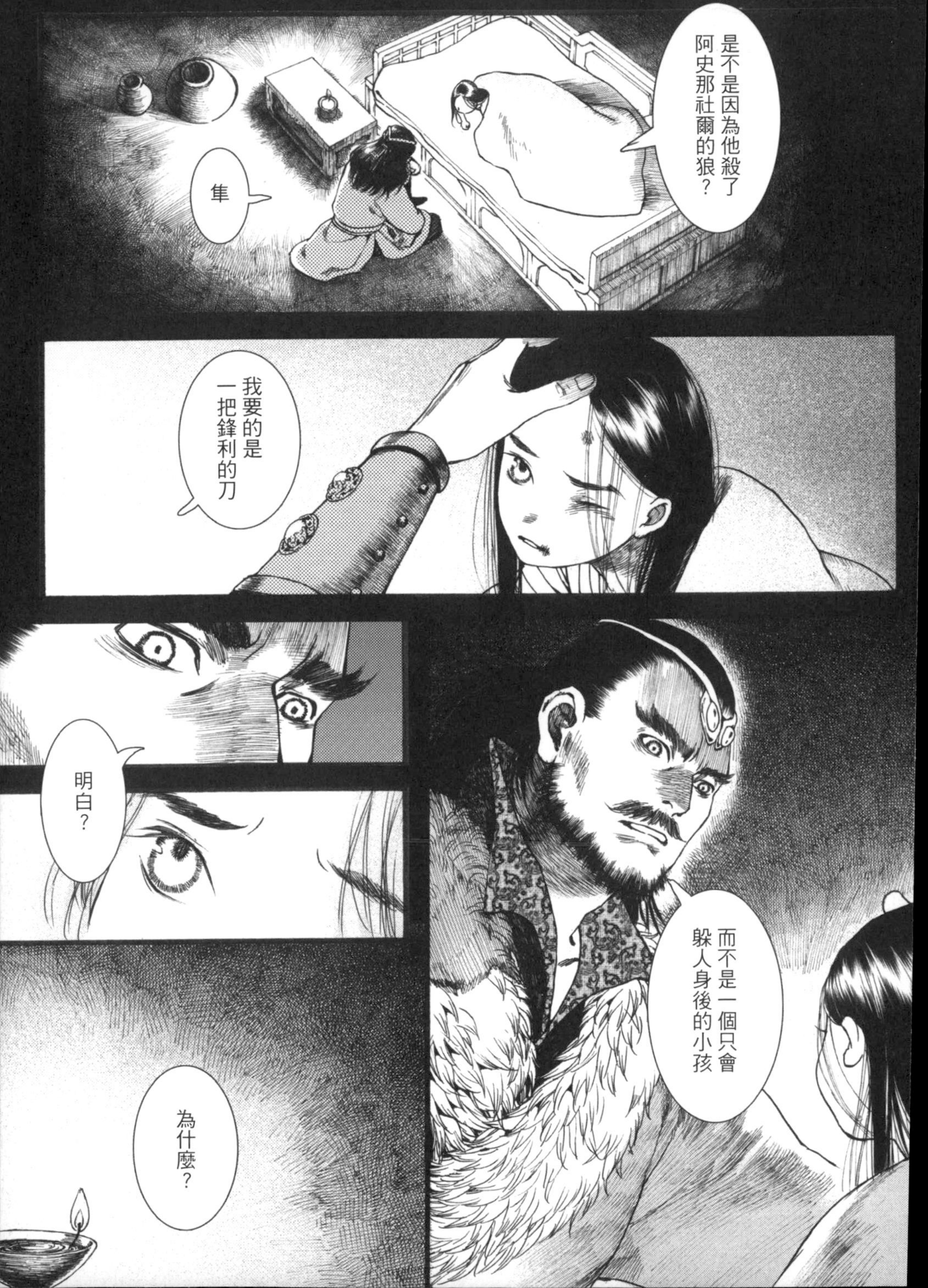
是不是因為他殺了阿史那社爾的狼？
隼
我要的是一把鋒利的刀
明白？
而不是一個只會躲人身後的小孩
為什麼？

我為什麼會在突厥？
你真的不知道？
我……也不知道
我只是偷聽到爺爺跟奶奶說
「就當他不是契丹人吧……這樣最好。」
現在你已經知道了

你會替我們報仇的，對不對？
小兄弟，給我們一點時間。
無論要報仇還是殺人
都不是簡單一句話的事情
我知道你現在的心情
你也要相信大人待你們的情義
給我們一點時間，好不好？

要見我？
誰派你來的？

事出緊急，我們軍師讓我帶信給竇大將軍，
說他能救我們於水火
你是竇大將軍嗎？
拿來！
頭兒？
牽馬來！

等等！你這是要去哪？
老爺子吩咐過讓你主持大局的！
閃開！
事態緊急，我得馬上回去見老頭子！
駕！
這兒的事你負責了！
喂！
……
那……這位壯士，你的馬已經跑得虛脫無力，
是跟我們歇一宿，還是……
壯士！
噗通——
快去倒碗鹽水來！

原來……
這就是父汗大怒的原因。
你信那小子的話，要不要再求證一下？
雖然很難說清楚，但這兒的確在告訴我，他沒騙我
雖然奧丹全族都死了，但在更東方還生活著更多的契丹人和他們的王庭。

我要去弄清楚
我是誰
所以你們……
廢話就別跟我說了
你是突厥人還是契丹人，對我這個雜種來說沒半點區別
行了！
頭兒，你說要做什麼就成了
我去做。

李長歌
我們折騰這事兒，死了也沒話說
可是你不一樣，
回中原去吧！
坦白說，
就算你們不放，我也會想法子逃走的
不過
不是現在。

好
我殺過不少漢人將士
移平城池，搶掠糧食
我從沒為了戰場上的事後悔過
就像你們漢人對上突厥人也一樣不會留情
不管你怎麼想，我當你是兄弟了，
你想什麼時候走都可以
今日為兄弟起誓
有生之年，
不主動戕害漢人半分。

得君一諾，
不枉我賭命相助。
看來阿史那社爾是得了大可汗首肯
如果大可汗不撤銷命令，再怎麼抵抗也是以卵擊石
之前我已經託人送口信出去了，希望他們能見到大可汗
現在看來這未必有用。

你託誰去？
跟我們做生意的商人，
小可汗大軍壓境，我們還是先避讓吧
東有契丹，南有大唐
你看……
不能退。
契丹是突厥的屬國，若是現在我逃去契丹
他們大概會把我綁回來送給大可汗，
至於唐……
我從來就沒想過要離開草原
穆金，你跟我去迎戰，
所有身長過馬刀的男人都帶上。

長歌你帶女人
和小孩撤走，
越遠越好
等等！
如果我們死了，
你們就算被抓到
也不會有事，
如果我們還活著，
不要讓我的戰士
為他們的女人孩子
受到脅迫。
你要還想
讓我們活著，
就從大可汗那
想辦法。

你們……
還真是信任我啊！
你這樣……
能乘上馬背嗎？
動作快點，我們撐不了多久
阿史那社爾從牙帳調兵來還需要些時間，
依他現在的兵力，我就是騎馬兜圈也能拖個十天。
好
我先喚回商道上的燕雲十八騎助陣！

保重！
鏗
突厥牙帳可敦寓所
乘鄂渚而反顧兮
欸秋冬之緒風
步余馬兮山皋
邸余車兮方林

苟余心其端直兮
雖僻遠之何傷？
哀吾生之無樂
鸞鳥鳳凰，日以遠兮
陰陽易位，時不當兮

……
好一曲「涉江」，無愧洛陽高門之女。
突厥可敦 前隋義成公主
只是三閭大夫行義高潔，如蘭芷芬芳，又豈是我等腥臊之物可自比？
求公主……勿要自傷
妳還是叫我※可敦吧
※父死子繼，先後嫁了四任丈夫，
甚至還與第一任丈夫之子生下了私生兒

※可敦：大可汗之正宮，即是皇后。
※父死子繼：突厥等游牧民族有妻子在丈夫死後嫁給丈夫之子的習俗，稱為「收繼婚」。

吾身早已臭如敗卵了。
若不是公主冒險遣使告變，
先帝只怕就卒於雁門之圍
若不是公主忍辱至今，
又哪得※宇文化及首級告慰先帝？
※宇文化及：隋末武將，弒隋煬帝自立。
若不是公主偷生換得可敦之位，
皇后又怎能帶著王孫王女與我等受庇於突厥？
如汙淖之於芙蕖，霜雪之於青松
公主勿要再自傷了……
臣女……
心如刀割。

錦瑟啊
若皇兄當年聽妳祖父所言，又何至今日亡國悔恨啊！
妳如今一介孤女卻仍為我運籌起事
我一門負楊尚書太多。
臣女何嘗不是日思夜想？
只待還得大隋江山
公主
就快了。
邊陲小鎮 辭邑

老爺子！
現在怎麼辦？
阿竇，你去聯繫燕雲十八騎，
除了羅十八，你帶其他人馳援主公，要快！
是！

秦老，怎麼了？
噔噔噔噔
……什麼!?
具體原因呢？
主公那邊遇上麻煩了
她所在的阿史那隼部被小可汗襲擊
信裡沒說，
我猜寫的時候她也不能肯定
那點人怎麼夠？要不我們……
燕雲十八騎是去救急，不是打仗
這事的關鍵不在戰場，更不在小可汗
若是大可汗決意如此，我們投入多少人也沒用。
您的意思是？
西域商人沙缽利，是大可汗的座上賓

您是想……
通過沙缽利來接觸大可汗？
不錯
沙缽利最近倒是在跟我們談香料買賣，
但他是出了名的又貪又狠，況且見到了大可汗，也未必就能如何啊！
必要的時候，就得捨棄掉一些東西
緒風
在
你跟羅十八去打聽小可汗為何開戰，越快越好。
是！
……
老爺子，我們其實也可以趁亂救出主公的
如果主公願意，她也可以趁亂逃出來

但她卻選擇了向我們求援
屬下明白了。
很好
去吧！

長歌行

中文愛藏版

阿爾泰

契丹匹吉部族長奧丹的孫子，性格倔強，對突厥人懷有敵意。

卷貳拾壹

春雷

阿史那隼大營
有人嗎?
喂!!
……

人呢!!??
人都去哪兒了!!?
這裡發生什麼事了啊!!
啪啦啪啦

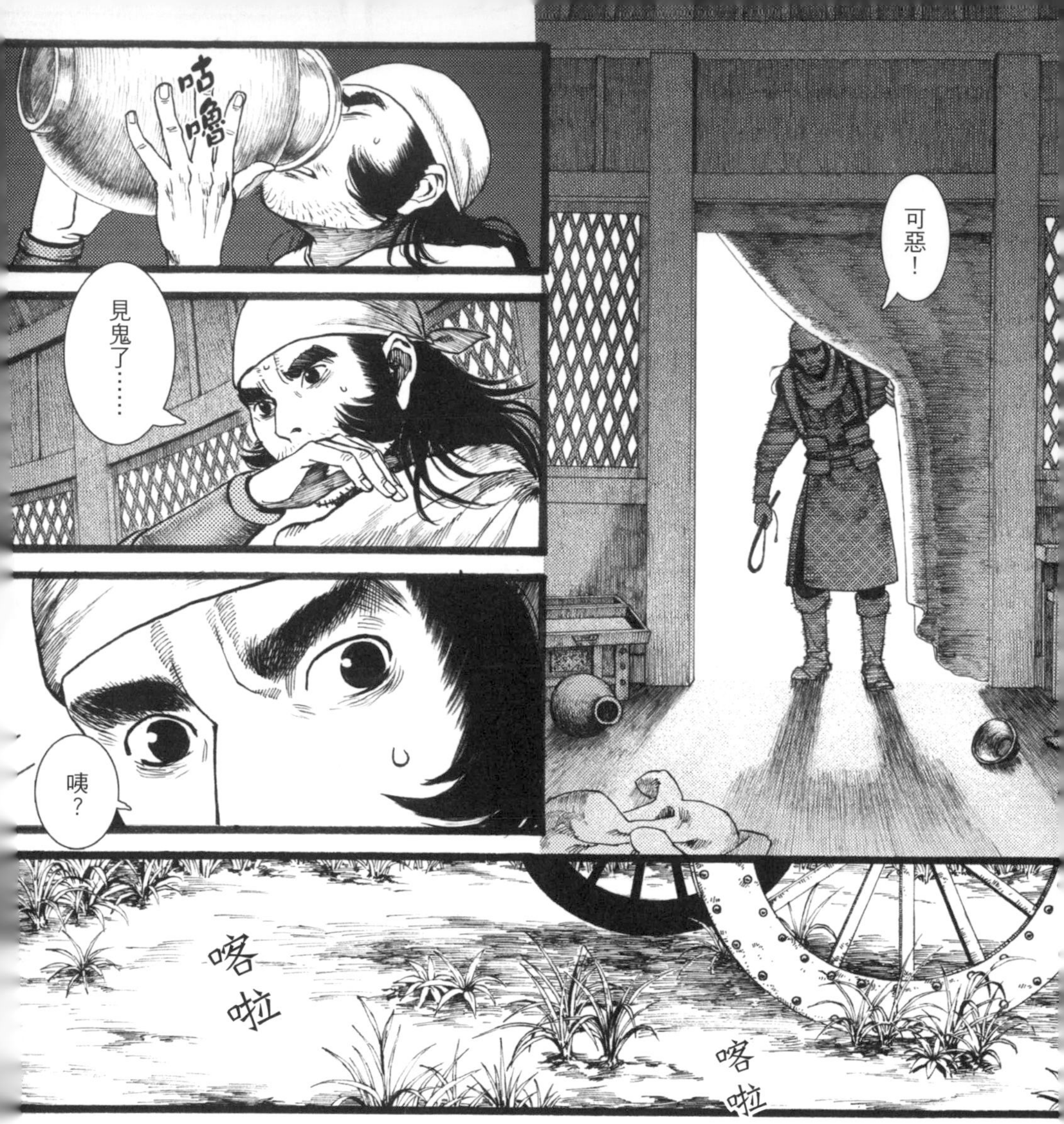
可惡！
咕嚕
見鬼了……
咦？
喀啦
喀啦

喀啦
喀啦
長歌

我們這是去哪？
去南邊
避開戰場
那妳也進來歇著啊
都一宿沒合眼了。
咱們得連夜趕路，晚上才能換班
妳別擔心我
小軍師！
小軍師！
亞羅回來了！

你……
你們搞啥啊？
這是要去哪？
啊……
我還擔心你看不到我留下的記號呢！
我又不是瞎子!!
信送到了？
送到竇大將軍手裡了
很好，只是現在你還不能休息
把這個再送過去，
要快！
隼大人呢？

現在還沒事
再拖延就難說了
喂！
給我換匹馬！
信送到就直接
去找隼大人吧
他會回大營的
是
喂！
你等一下！
水和乾糧

哎？
謝謝……
我可不是記仇的人
……
去看看你的家人吧，她們就在後面車上
快點出發，要變天了。

小可汗紮營處
隼大人在陣前叫罵了半晌
剛剛才退走。
由他們去
他大概是想在我們援軍到達之前賭一把
叫人盯緊了就行
是！
屬下已經叫人遠遠的跟著了。
我們的眼線還在那兒呢
跑不掉的。

轟隆隆——
……
今年的春雷來得真早。
嘩吔——
嘩吔——

哥，把吃的帶上
不用，我還有
……
不行，你得帶上，娘親手做的
小軍師特別交待，讓你別吃別人的東西。
怪人
阿史那隼大營

傷口又裂，請小心將養點兒
長歌他們撤到哪兒了？
應該還沒出我們的地界。
小可汗還盯著呢，
去把所有帳篷的燈都點上
你先擔心自己吧！
才上馬就這樣了，打起來還得了？
哎呦！下手輕點!!
別動!!

擦乾點，淋了雨
一會又得開始咳
身子還沒復原
就開始胡來了。
彌彌
妳家中可有
姊妹？
……家中
倒是沒有
不過族裡
同齡的很多。
我家中兄弟不少
卻未曾有過
同齡的姊妹。

我最常見到的，便是母親的側影
日復一日，日復一日的
我從不知人世上還會有人與我一起
互相扶助，互相依靠
不離不棄
生死與共。

彌彌，跟我離開草原，好不好？
別說了!!
我不會走的，別說了……
我們走吧

等處理完這次危機，
我們就一起離開這裡
什麼也別管了，
開開心心活下去，好不好？
我求妳快走

妳誰也救不了的
求妳快走。
彌彌
我有沒有跟妳談過我的家鄉？
在南方，很遠很遠
又熱鬧，又漂亮
我從來沒有姊妹……
妳陪我去看桃花，放風箏好不好？

……是啊
我還沒見過妳穿女孩兒的衣服。
妳來幫我一起挑吧，
衣裳、釵環、脂粉
各種小東西
桃花很漂亮嗎？
很漂亮
是像梅花糕那樣子？
比那還漂亮
是紅色的嗎？
是淺淺的紅色
……真好
就好像見到了一樣。

妳快走吧
不會有任何轉機的。
一定要這樣嗎？
不要問為什麼
我不會說的。

如果……我一直執意如此
那些乾糧是不是就是為我準備的？

長歌行

中文愛藏版

媛娘

已故朔州太守公孫恆的遺孤，目前託於秦古身旁，與阿竇情同兄妹。

卷貳拾貳

慟哭

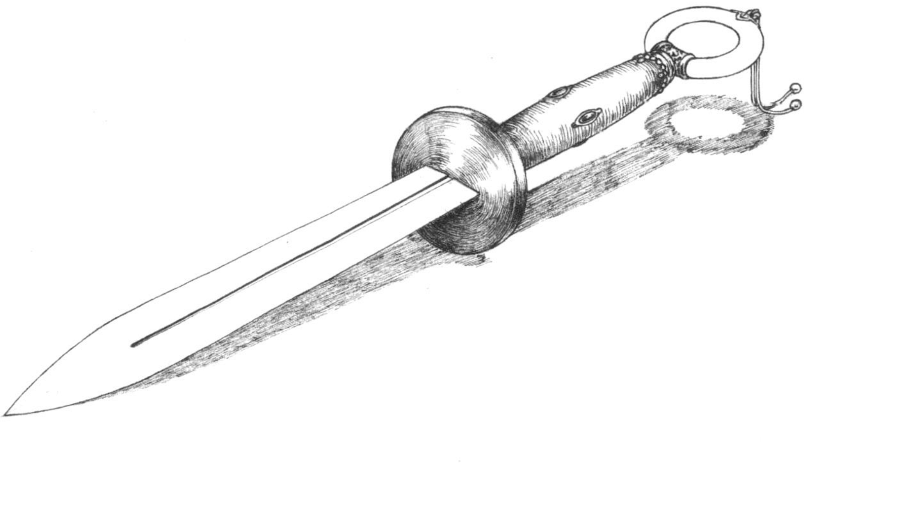

如果……
我執意如此
那些乾糧是不是
就是為我準備的？

妳……
什麼時候發現的？
我懷疑過身邊每一個人
就是沒懷疑過妳。

即使到了現在
我也不過試試而已
妳居然騙我
我不想懷疑妳，
並不是妳沒有破綻
而是我知道妳是真心想讓我活下去
就像現在我真心想讓妳活下去。

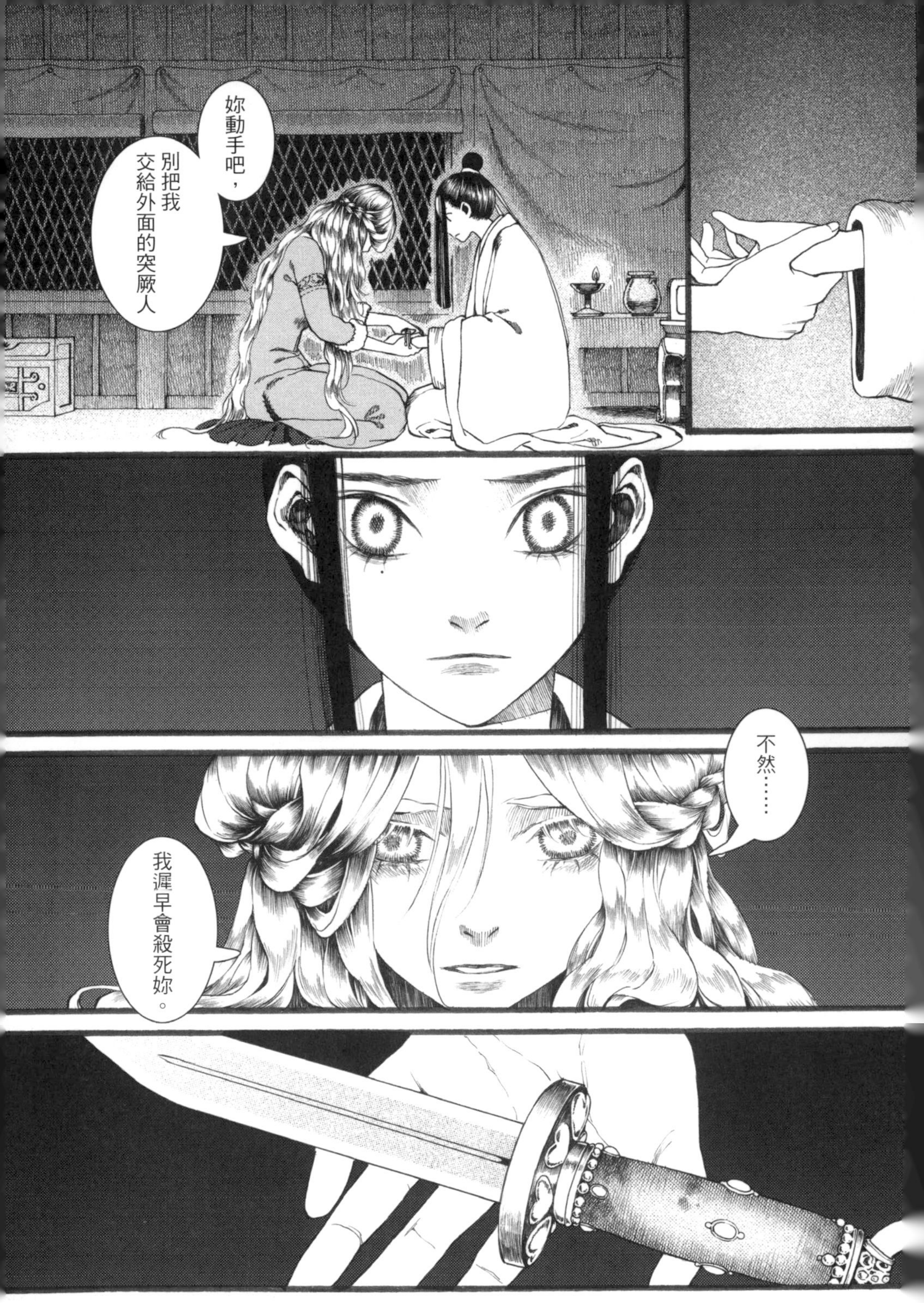
妳動手吧，別把我交給外面的突厥人
不然……
我遲早會殺死妳。

阿史那隼大營
我覺得小軍師不太對勁
怎麼？
奧丹的孫子一直都是放在他的帳篷裡
為什麼臨行卻把他交給了別人？
這也要琢磨半天？
他是個把重要的東西都自己掌握住的人，
這並不尋常
鏘——
你們倆挺像的。

都謹慎得讓我這樣的人摸不著頭緒。
尋常也好不尋常也好，我並不在乎你們處理事情的方法
我只相信你們對我的承諾。
好吧，這點我也沒異議。

啪
為什麼？
妳得告訴我
為什麼!?
有什麼理由讓妳
替小可汗賣命？
有什麼
比妳的命
更重要？

讓妳平安脫身的辦法，我至少有十幾種！
只要妳住手！
妳明白嗎？
妳又不是草原上的人，
為什麼要管這兒的事？
妳回自己的故鄉去吧
如果沒有妳，
我被送來的時候就死了
可如果沒有我，
妳那會兒也高燒死了。

我們互不相欠了。
事情還沒走到這一步
妳聽我說
先把匕首給我！

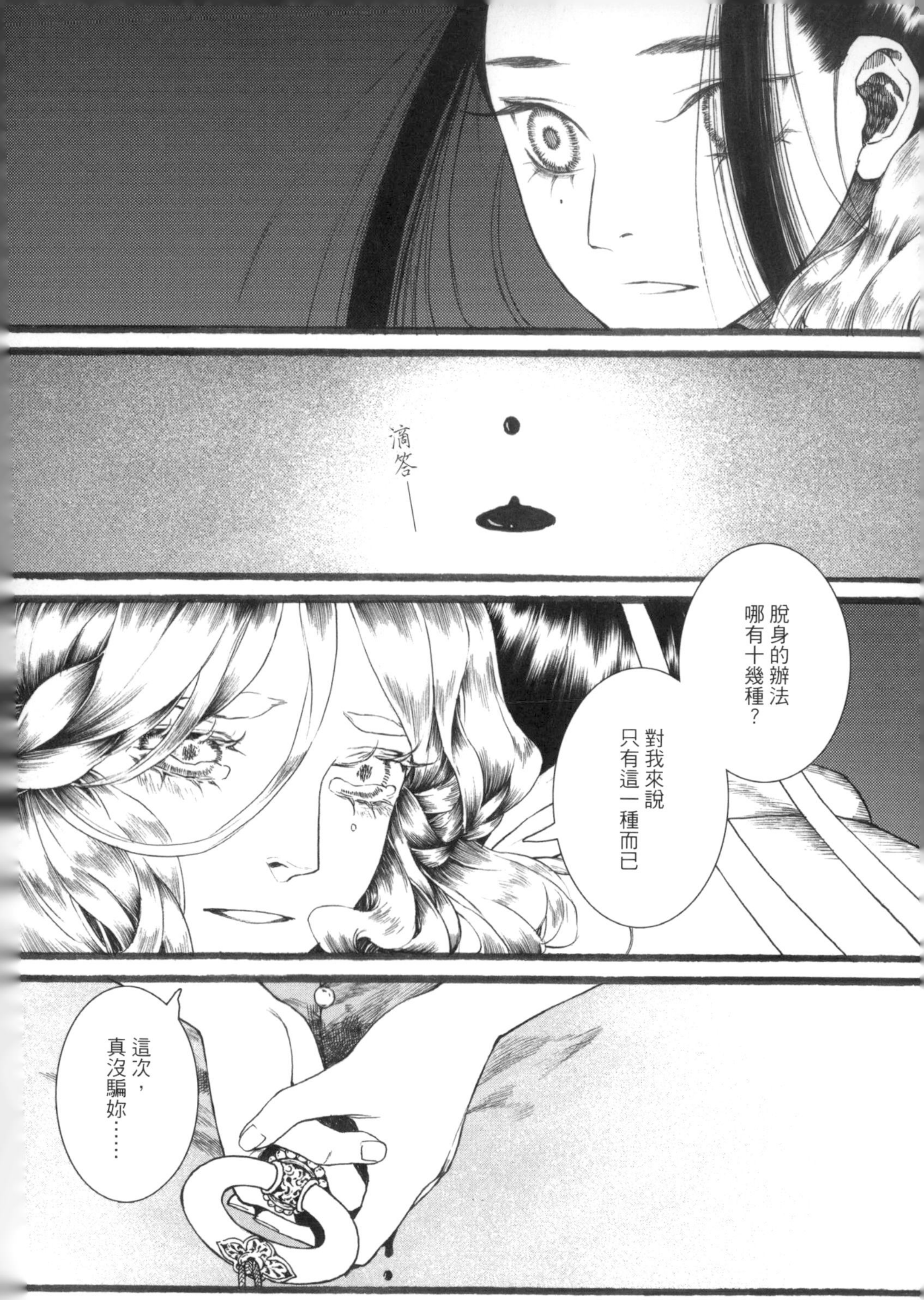
滴答——
脫身的辦法哪有十幾種？
對我來說只有這一種而已
這次，真沒騙妳……

大笨蛋!!
蠢女人!!

快鬆手!!
跟妳說……
別說話了!!
坎坎草根搗汁，和牛髓煎熬
我的族人用來塗抹箭矢，毒殺野狼和火狐
吃下去會怎樣我還真沒把握
見血封喉是一定的。

妳……!!
是啊
我偷偷抹在妳匕首上啦
隔板下的箱子裡還有一小罐，
留給妳了
妳別說了
妳想知道的我也不能說，
我想說的……妳就聽聽吧。
這不怪妳

如果在最開始那會兒死掉……
就好了啊。
嘩
嘩
嘩

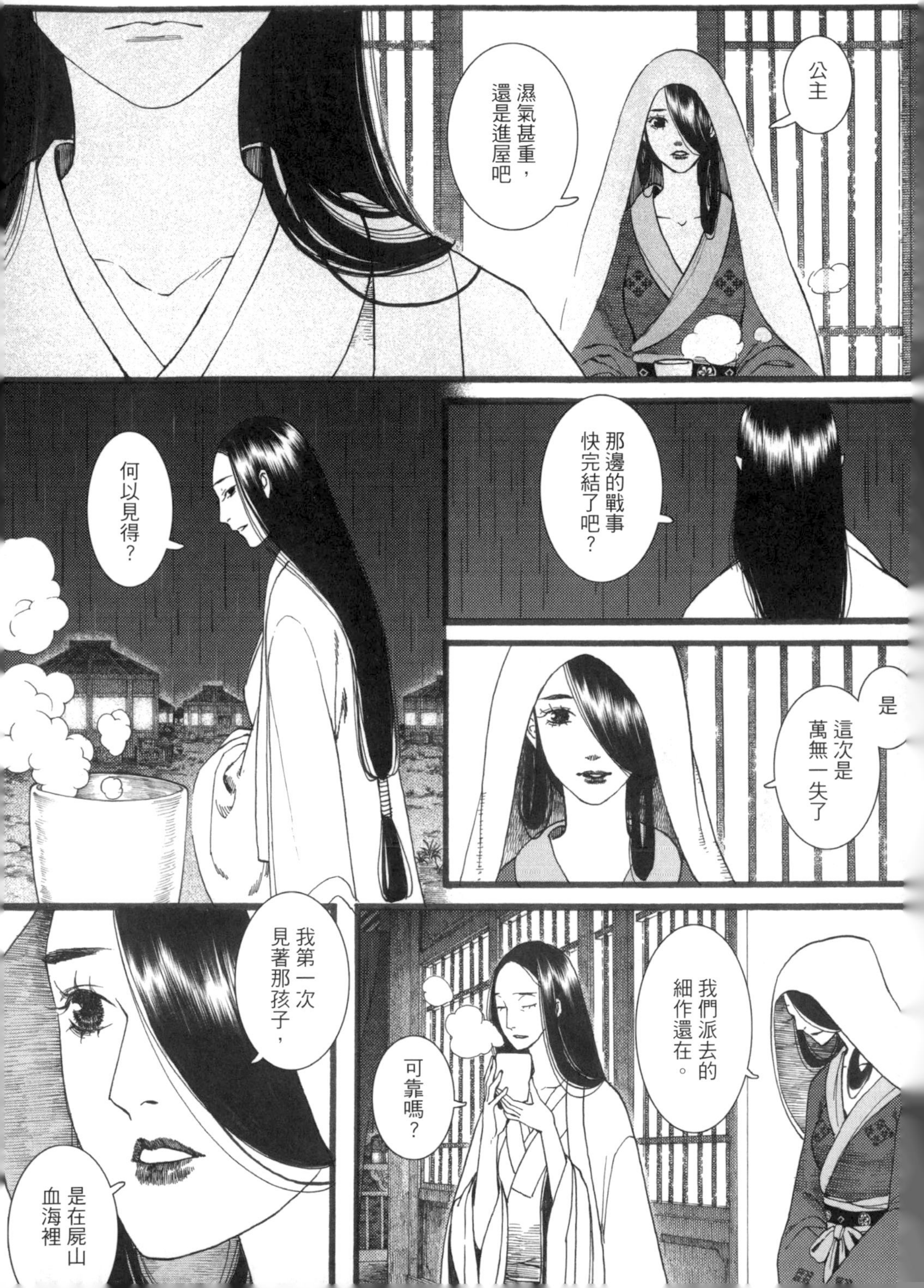
公主
濕氣甚重，還是進屋吧
那邊的戰事快完結了吧？
是
這次是萬無一失了
何以見得？
我們派去的細作還在。
可靠嗎？
我第一次見著那孩子，
是在屍山血海裡

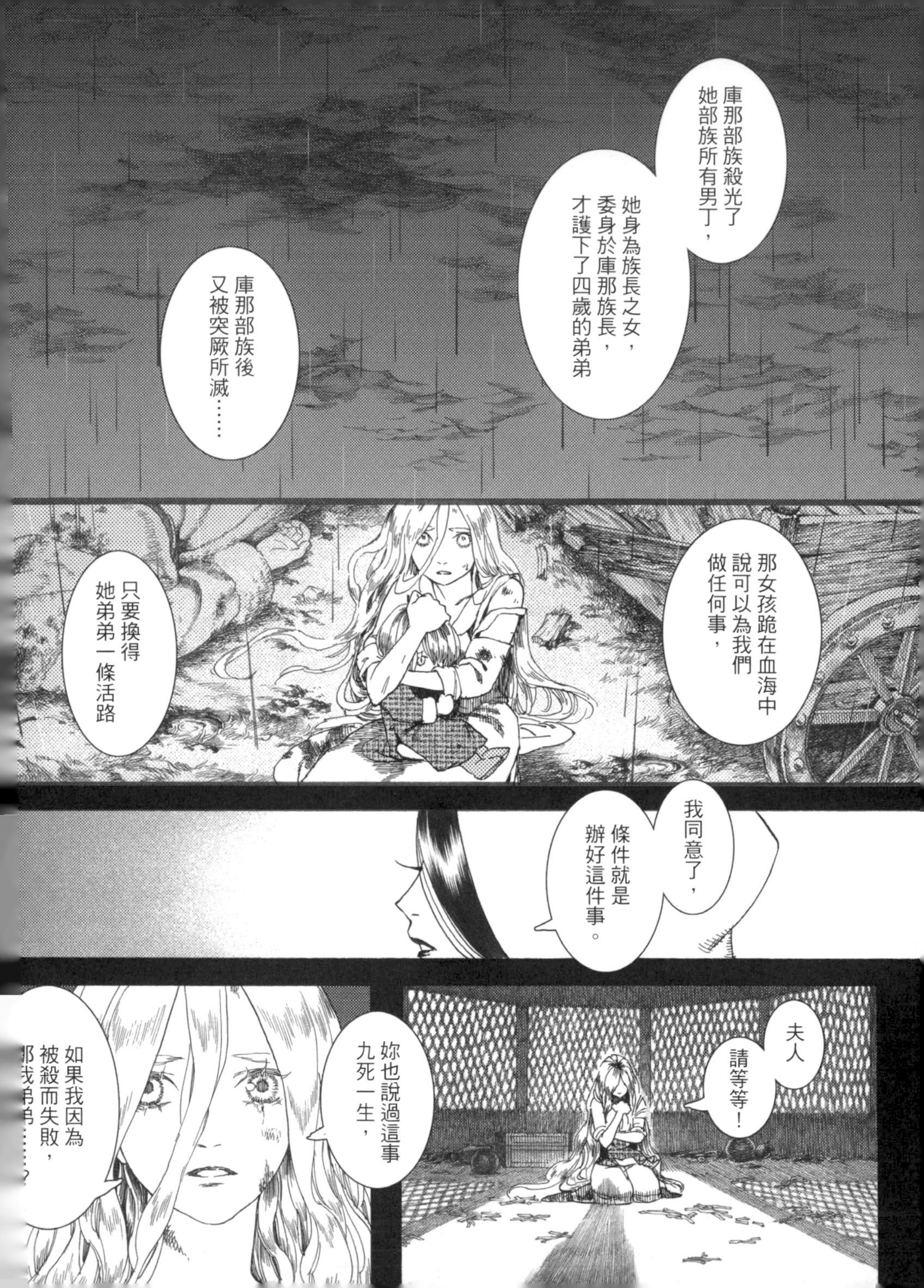
庫那部族殺光了她部族所有男丁，
她身為族長之女，委身於庫那族長，才護下了四歲的弟弟
庫那部族後又被突厥所滅……
那女孩跪在血海中說可以為我們做任何事，
只要換得她弟弟一條活路
我同意了，條件就是辦好這件事。
夫人請等等！
妳也說過這事九死一生，
如果我因為被殺而失敗，那我弟弟……？

……
那我們也會撫養他長大，
再放其歸去，自建部族。
明白了，
這樣就可以了
所以，公主請放心。
抱著死志嗎……
那個孩子的弟弟呢？

死了
在三月前的那場瘟疫。
……
若那孩子能回來……
將她和弟弟葬回故土吧。
是。

轟隆隆——
你聽到了什麼沒有？
好像是小軍師的聲音？
去看看
小軍師？
小軍師你沒事嗎？
小軍師？
出事了！

小軍師不見了！
馬也少了一匹！
快去找！
咳
咳咳
咳

噗
咳
咳咳
咳
呼
呼
呼

好累啊，
彌彌
妳躺在這裡，
孑然一身
我留在世上，
煢煢一人
不如同歸去罷。

長歌行

中文愛藏版

魏徵

原是隱王李建成的手下要臣，玄武門之變後轉為李世民效力，顧念昔日與長歌的師生情誼，而暗中協助逃亡。

卷貳拾叁
千頭萬緒

辭邑
什麼？不在!?
是的，竇小頭領外出了
這位壯士有什麼話請留言。
那秦老呢？
在不在？
……

你就直說吧
阿竇說過
這位信使非常重要
秦老呢？
帶他去吧。
大可汗牙帳

秦先生，
可別忘了
之前的承諾
當然，
茶和絲綢的
十分之三。

哈哈哈哈！夠爽快！
你很快就會從大可汗手裡賺回來的！
……
在契丹也有商道的大商人？
是的，生意做的很大，
可汗不可輕視。

你
是漢人？
是
可汗制下富庶，
小老兒頗得蔭庇，
感激涕零。
既然是我的
客人，
就請享受我的
美酒和牛羊
期待我們為彼此
帶來更多的黃金。

阿史那隼大營
小子
奉主公之命
領燕雲十八騎
歸來救駕！
……
主公？

我家主公乃朔州都尉李長歌，
是太守公孫恆託孤之人
是得了燕王傳承，燕雲十八騎的首領。
你要記住
第一，坦白主公與我們的關係
更是我們雁行門的頭兒
五條商道的主人！
示以實力，
暗示我們的立場。

你指的是我的軍師李長歌？
在這樣的情況下，他必然無法發難
乘機提出結束從屬，達成平等結盟。
是的
也不可逼迫太過
看主公的意思……
讓我來吧……
她是起了交結之意啊。

聽說
你跟契丹人也有做生意？
契丹人那兒又窮又惡劣，
怎比得上突厥？
也就是用食物跟他們換些皮件罷了。
那豈不是沒啥賺頭？
說起來，多虧了大可汗
嗯？
之前的隼大人貪婪的緊，
還很暴虐無常

拿契丹人當牛馬一般，晚了些交歲貢就滅人家一個族
那叫一個慘啊，嘖嘖！
聽聞大可汗為此雷霆震怒，
叫了小可汗去懲戒他
東北道上好過多了，哈哈

啪
來人!!
……
你不用跟我討價還價，
李長歌本來就不是我的屬下了。

咦?
他數次救我於危難，
我已許他自由之身，想離開隨時都可以
他正領著我族人南下，你快馬便可追上。
哈……
不用
老爺子正在往大可汗那兒想辦法，
我與十八騎的任務是援護隼大人。
為什麼要交結他?
他不是敵人嗎?
小子

你認為什麼是敵人？
哎？
在政與治之道中
陣前的對手不叫敵人。
替老夫好好看看
那好，我也不矯情，
現在我確實需要這些
不過，有一點要先說明
此人究竟心性如何。
我不承你們的人情。

這次的事
我會有所回報，
你們可以
要求我做三件事
等等……
完事兩清。
我們不需要
你的回報
乾脆一點

既然你們主子不想跟我做兄弟，
那就只談交易吧。
除了自己跑回來的馬，
半點影蹤也不見
附近我們都找遍了！
難道……

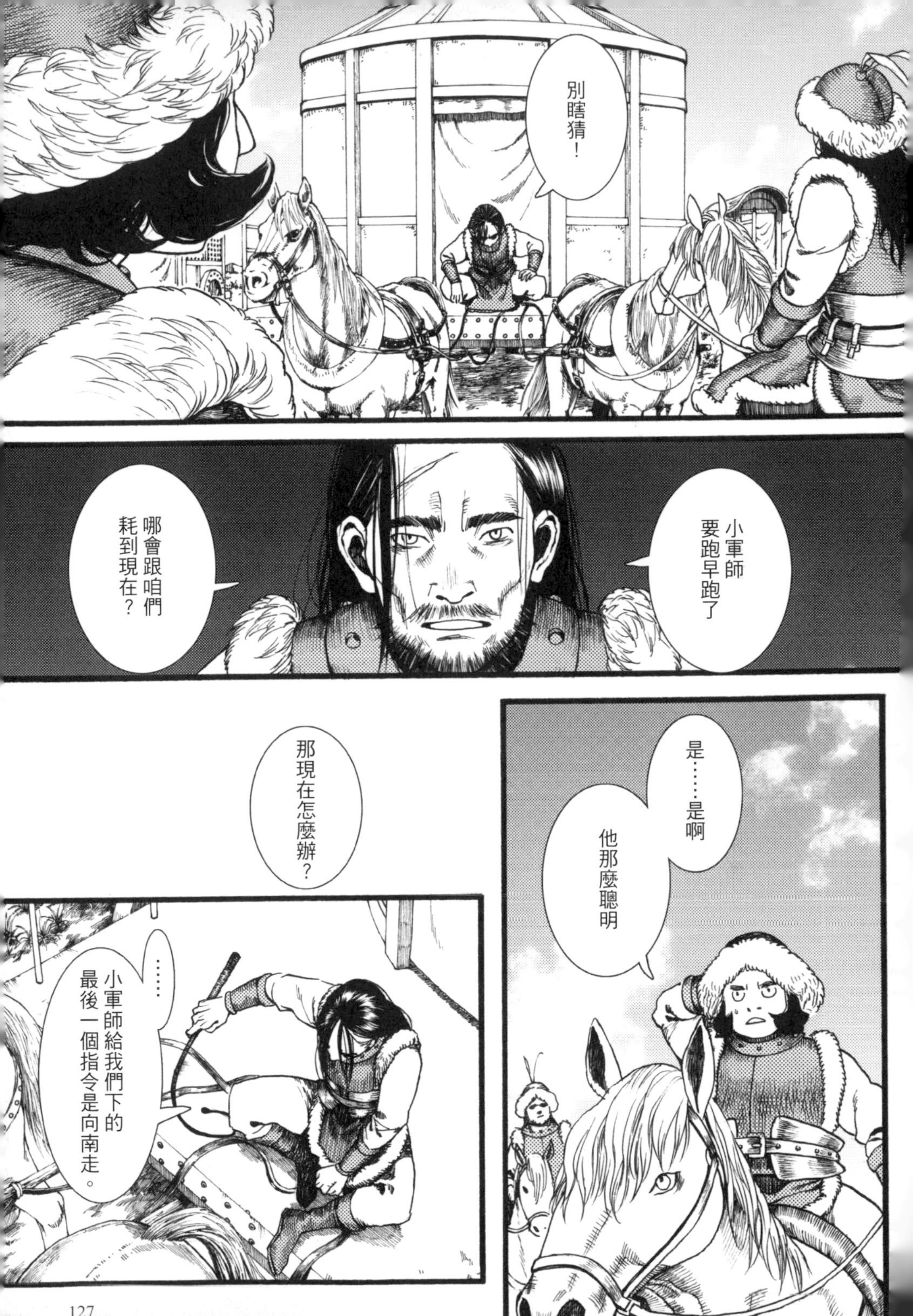
別瞎猜！
小軍師要跑早跑了
哪會跟咱們耗到現在？
是……是啊
他那麼聰明
那現在怎麼辦？
……
小軍師給我們下的最後一個指令是向南走。

不能耽擱了，繼續走吧
啪
一直向南，小軍師辦完他的事，遲早會追上來的。
喀啦
咳
咳

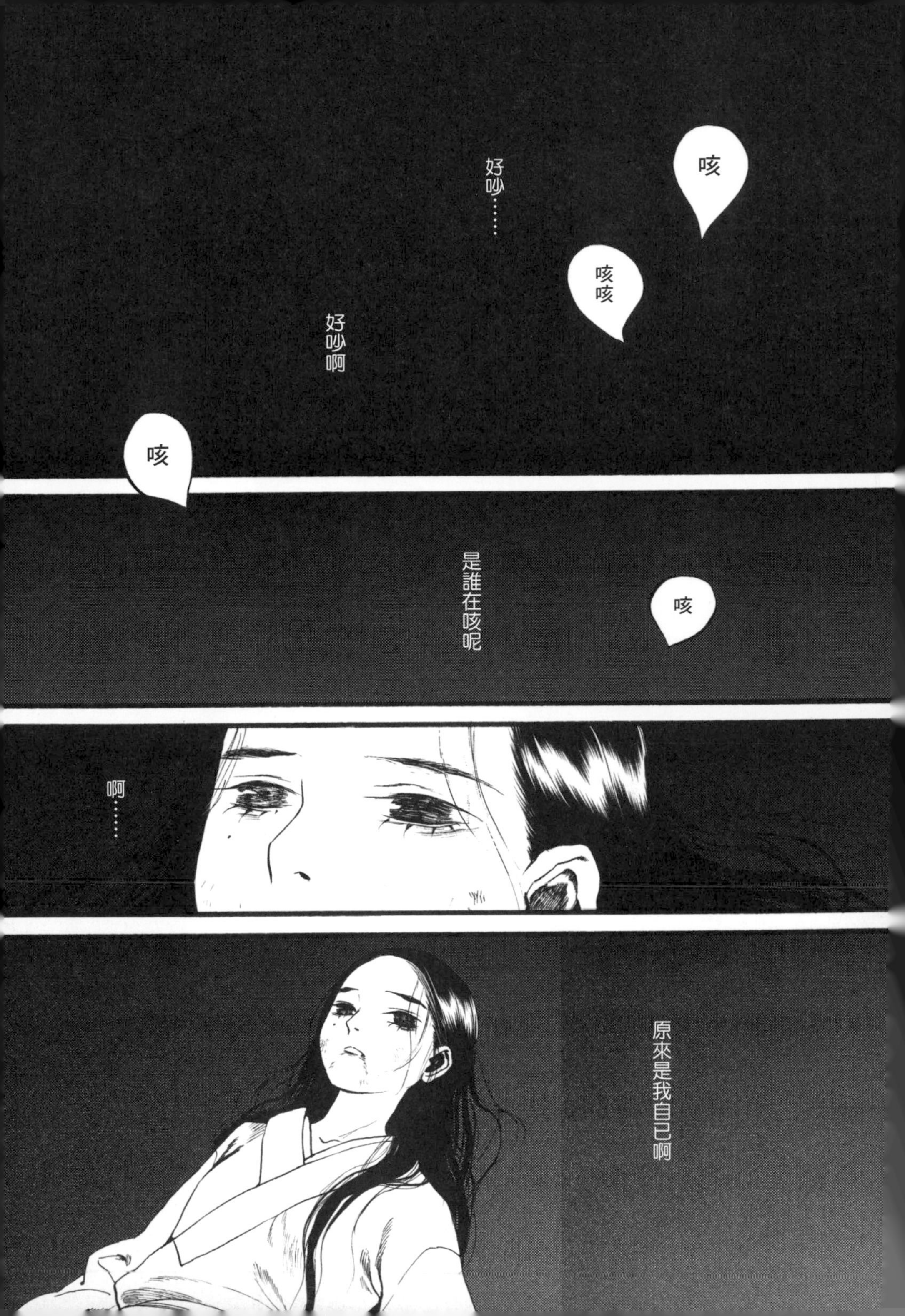
咳
咳咳
好吵……
好吵啊
咳
咳
是誰在咳呢
啊……
原來是我自已啊

妳再這樣，
我可管不了妳了
別盡想那些個勞神的事兒，
學著對自己好點。
彌彌……
別走
別走啊，
彌彌！

別留我一個人在這！
別折在這裡。
大人的道是濟萬民
你呢？你的道是什麼？

啊……
敕勒川
陰山下
天蒼蒼
野茫茫

風吹草低見牛羊

快看，她在流眼淚
可總算是安靜下來了
再咳下去怕是命都沒了
幸好被咱們撿到，
妳說她是不是也是漢人？
別吵她，咱們去阿姐那兒吧。
嗯

還沒，不過總算睡安穩了
那小丫頭醒啦？
阿叔，讓我們上這輛吧
喲大家都在啊？
來得正好，
正在討論妳們的去處呢
再往前就是漢人的地界，
妳們都可以領一份盤纏，回自己的家鄉。

……
我的家鄉，已經被突厥人燒成了廢墟
爺娘兄弟都死了，只有我活著
我跟突厥人生了兩個孩子
也都死了
如果不是這樣
我可能還很難下決心離開
請讓我跟隨妳
我也想成為一個有用的人。
好
我帶妳去見主人。

啊……阿姐妳不是這商隊的主人嗎？
當然不是，
曾經與妳們一樣，我也是被主人贖出來的
我們主人啊……
是位了不起的夫人呢。

長歌行

中文愛藏版

李淳風

通曉天文星象、珠算數術，時任太史令，為朝廷制定曆法與占卦卜算。

卷貳拾肆

無為

為什麼不可以見爺爺？
秦老爺子有客人，媛娘等等可好？
賓哥哥也不在，緒風也不在，
爺爺出去了那麼久，回來還不見媛娘！
那帶媛娘去騎馬可好？
不要！
去釣魚？
不要！
這位信使稍安勿躁
老夫剛從大可汗那兒歸來，
想必隼大人不日即可脫困。

啊 真的？
雖然此事已了，還是把信給老夫吧
是
呵呵
真是與老夫料想的一樣。
既然沒事了，那我先回去報信
不急

老夫與你一同前去
咦？
那邊的事兒還未了？
就憑著那些商人幾句醉話，大可汗就決定退兵？
公主
這其中是不是有什麼蹊蹺？

大可汗也未必全信了
這種道聽塗說只是挑動了他的疑心而已
但這就夠了，足夠他想起來不能讓社爾坐大
虛虛實實，真是拿捏得分毫不差啊。
去查查那商人的底細。
是
公主是懷疑……
錦瑟
那這次我們就放任他而去了嗎？

之前大可汗派去的援兵已經快和社爾匯合了
這次追去傳令退兵的只得幾騎而已，若他們出了意外……
不要做多餘的事！
這次我們的目的已經達到了
不，或許更好
阿史那隼已被重創，短時間內大可汗是用他不上，
至於恢復過來後……
還不知是狼是狗呐？

洛陽
流雲觀
流雲觀
嬸嬸，我娘已經大好了，
我替她來給觀主和嬸嬸磕個頭
大恩大德，永生不忘。

快起來，
哪需要這麼重禮
照這個處方再抓十天的藥，
身子養好就再沒後患。
謝謝嬤嬤
阿姐妳好厲害，藥到病除呢！
我也只學得主人的一些皮毛而已，
哪有那麼神奇
我也可以學嗎？
妳啊
先跟我把字識全了再說。

對了，那孩子怎麼樣了？
還是老樣子
醒來已經三天了
不吃不喝，問她話也不回答，就對著靜室的字幅發呆。
……
這可不是我能醫得了
還好主人訪友回來了。

無為
沙啦
沙啦

這位小友可是心有所悟？
貧道這筆爛糟的書法，
卻是當不得如此細看的。

沙啦
……我……
幼時承先生們教授，諸子百家略有涉獵。

卻最是不喜道家的無為
與人爭才得安身，與天爭方能立命
我一直這樣堅信
……
如今才知……
若我不爭，
待我如兄如父的長輩尚能偏安一隅
不會落得身首異處的下場。

若我不爭
就算救不得生死相依的至交，
也不會將她逼迫致死
若我不爭
將全部身家性命交托於我的朋友就不會被棄於險境
至今生死難明
大道無為
原來如此！

小友果真如此理解？
抑或這是妳特別的撒嬌方式？
妳是想聽「這不怪你，命數使然」
或是「如此甚好，無需用功」？
妳！

小朋友
待妳何時明白「大」與「道」了
再來與貧道討論「無為」吧。

嘿！這才像話嘛
好好吃了這頓飯，然後換衣裳梳頭
要不我們可就白救妳了
……
此處是洛陽城郊的流雲觀
觀主靜澹真人，妳剛見過的，
她讓我問問妳的安排。

妳是要留下還是回家鄉?
我……留下
嘿嘿
那我可有伴兒啦
王氏阿碧
妳喚我碧姐就行,
妹子怎麼稱呼?
無姓
阿離。

主人
要不要問問那孩子的來歷？
看那談吐和姿容，想必是哪家世家子吧？
……
真是令人懷念
在她那個年紀，我也認為自己是天底下最聰明的人啊。
那她的來歷……
荃娘

陪我去看看山南那幾十畝荒地
去年已※燒過荒，可分派些流民來開墾了。
※燒荒：指墾荒前燒掉地上的野草、灌木等。
是
喜怒哀懼愛惡欲，如何見自心？
天地烘爐
煉己煉性
眾生皆如是啊。

真壯觀吶！
老爺子
他們說師父這兩天就會回來
這兒的婦孺也會跟著回來，
可算是能吃頓好的了
你小子光顧著吃，事情可都辦砸了
這哪能怪我？
誰知道阿史那隼是這性子啊。
還敢狡辯！
啪

他認為主公與我們一道，乘火打劫要脅他
而他卻還有求於我們不得不妥協，心中自然不服氣
這老夫可沒法想，只好待主公回來解釋一番了。
……蠻子果然是蠻子！
古人云「心若赤子」
要可以的話，老頭子我也想這般橫衝直撞，七情上臉、六欲隨心啊
啥？
那你還教我口是心非？

我估計再過幾天大可汗就會派安撫的使者過來，
你怎麼打算？
你要真不想留在突厥了，
我們就跟你走
如果對外說我重傷閉門休養，
你想，騙得過去嗎？
應該沒問題吧，
反正這次元氣大傷，大可汗一時半會還用不到咱們。
三個月呢？
應該……可以吧？
半年？
喂！
你不會是打算……

等這兒的事一了，我就去契丹看看，
實在瞞不過去的時候就說我病死了
……
大人，南遷的人回來了！
正在大營外！
對你來說不難吧？
你先讓我冷靜一下
去把那些漢人叫來！
我們這就過去！

妳是……
誰啊？

長歌行

中文愛藏版

靜澹真人

流雲觀觀主，商道「洛川」的主人。觀內收留戰亂時遭擄婦孺並安排其去留，在洛陽城東一帶頗有名望。

卷貳拾伍

振作

你說什麼!?
不見了!?

是……我們找遍了周圍，什麼都沒找到，只好繼續往南行
直到大人把我們尋回，我才知道小軍師沒回來
這是那晚留在他氈車裡的匕首，不敢隱瞞大人
他氈車裡還有何人!?
還……還有他的女人
也不見了。

胡說八道!!
口口聲聲說什麼
還我師父自由身！
交人？
嘿！
你那主子
在我們眼皮底下
都能私吞了燕雲十八騎，
太卑鄙了！
快把人交出來!!
我們有這個本事
能藏起他？
你們想
過河拆橋不成？
他在哪兒
你們怕是最清楚吧？
步步相逼，
不要太過分！

好了
要想把小主公活著藏起來，
的確沒那麼容易
老爺子！
就像他說的
你這話什麼意思？
……
你把匕首給我，
帶我去他的氈車看看
啊？
好的

你說會不會……
他氈車裡的女人是何人？
你們再看看
這是何物？

這聞起來像是回紇人用來塗抹羽箭的東西？
是箭毒沒錯。
跟那匕首上塗的東西一樣
現在可以回答我的第一個問題了嗎？
……
罷了
現在也沒必要遮掩了
穆金，你跟他們說說吧，我們這兒的女奴。

我們大人
從小身邊的人
都是大可汗安排的，
吃喝拉撒、一言一行，
都會被上報給大可汗
自大人開始上戰場，
麾下的勇士
便漸漸換成了
出生入死的自己人，
而身邊的女奴
卻還是一直由
大可汗派遣
最初只是那些女人
分成派系，互相排擠，
後來竟發展到了
誣告大人
來向大可汗邀功
在小可汗派來的奸細
也混入其中後，
情況變得更複雜了
這些
不能退回又不敢
留在身邊的女人，
我們藉賞賜之名
分給了族中的勇士
然後

很難想像，
她們軟弱無力、目光短淺，卻破壞力驚人
處理了十來次手下內訌和叛變之後，
我們決定以後再不留活口。
等等
這些跟我們有什麼關係？
……
你們主公身邊那個女人
就是他強行從我們手中留下的一個活口。
!
大可汗還是小可汗？

我們也很想弄清楚
若那女人真是奸細，理應無法一人傳出消息
你們放出話去，說小軍師擒了奸細回來
派親信看著馬匹和要道，
若所料不差，三兩天便有結果
……
老爺子，我們做個交易吧？
你幫我們打掃乾淨，
我們幫你找小軍師。

唔……
只是這一筆的話……
嘖
合作
長期的
沙沙
觀雲派
阿離
阿離

終於找著妳
觀主讓妳去南荒地督工，
監管流民開墾
這是田畝地形的圖卷
還有流民的人口姓名
是現在過去嗎？
是啊

好
唔……那個……
他們吃得很粗糙，妳吃不慣別勉強
給妳烙了些白麵餅，妳帶上路吃。
嗯
那我走了
啊……再等等
吶……
妳是不是貴門大戶出來的？
那些人可能很髒，很粗笨，妳可別介意啊。

妳把這個也帶上吧
……
是我拆了蚊帳做的，別嫌棄
謝謝
呼
阿姐
我想不通啊。

觀主為啥要讓阿離去督工呢？
那麼纖細的一個人兒
這種拋頭露面的粗活怎麼做得來？
妳不是還偷拆了蚊帳做了冪籬給她麼？
※冪籬：古代少數民族的一種頭巾，亦可障蔽全身，後傳入中原。
那有啥用啊？她心裡不會願意去的吧？
可以讓我去的啊
反倒讓我這種粗人在這識字念書的。
不許灑出水來
咦？

怎麼可能做得到!!
在流雲觀可沒有什麼纖細人、粗俗人
成為比現在的自己更好的人吧。

咕嚕～……
來，把手擦乾淨
先給流雲觀的女菩薩送過去
好！
慢著些，帶好弟弟妹妹
嗯，娘妳先歇著吧，
哥哥的飯我回來送。

菩……菩薩姐姐，阿娘讓我送飯食來
……
謝謝，我已經吃過了
還有……
給妳妹妹吃吧，她看起來很餓。
碗很乾淨的，阿娘燒水洗了五遍呢！
小九！
快把口水擦掉！
咕嚕嚕
太丟人啦!!

來
嚼了再嚥啊
給我看看這飯
慢點！慢點！
不許咬筷子！
……
這是什麼？
雜菜飯！
一半都是米糧呢，吃了可有力氣的
那另一半是什麼？
薺菜、蒿菜和穀糠
……
這麼小的孩子能吃這個？

如果不是菩薩姐姐賞賜，我們不敢用的
只有客人和要下農地幹活的大人們才有得吃，
我們不會浪費糧食，菩薩姐姐別生氣
……
我叫阿離
這些你們拿去吧
白……白麵餅!?
我……我阿娘的命是流雲觀救的，
大家的活路也是流雲觀給的
我……我怎麼還可以拿菩薩姐姐自己的飯……

拿去，離開這兒
別惹我生氣
再說一次，我叫阿離。
……
？
謝謝菩……阿離姐姐
以後用得著五娘的地方，盡情使喚就是。
白麵餅！
這可是白麵餅啊
小九
想不想嘗嘗？

不過只能吃一小塊哦
剩下的要留給哥哥和娘
好吃嗎?
嗯
我以前也吃過呢
那時候爹爹還活著,
家裡還有地
白麵餅可香了
小九,妳還記得妳爹娘不?
我都不記得我爹的樣子了
帶個路

阿……阿離姐姐!?
妳們這兒誰當家？
帶我去見見她
真是稀客
喀

忽然就跑到洛陽來，
太史令會這般清閒？
莫非在真人眼中我是個食祿蟲不成？
你可不是會把時間花在遊山玩水上的人，
什麼能讓太史局李淳風放下制曆和修志？
真是……想寫意一把也不行啊

果然風姿是學不來的。
說正事
聽說藥王他老人家要來洛陽？
你倒是耳目靈通，找他老人家有事？
倒不是什麼重要的事……

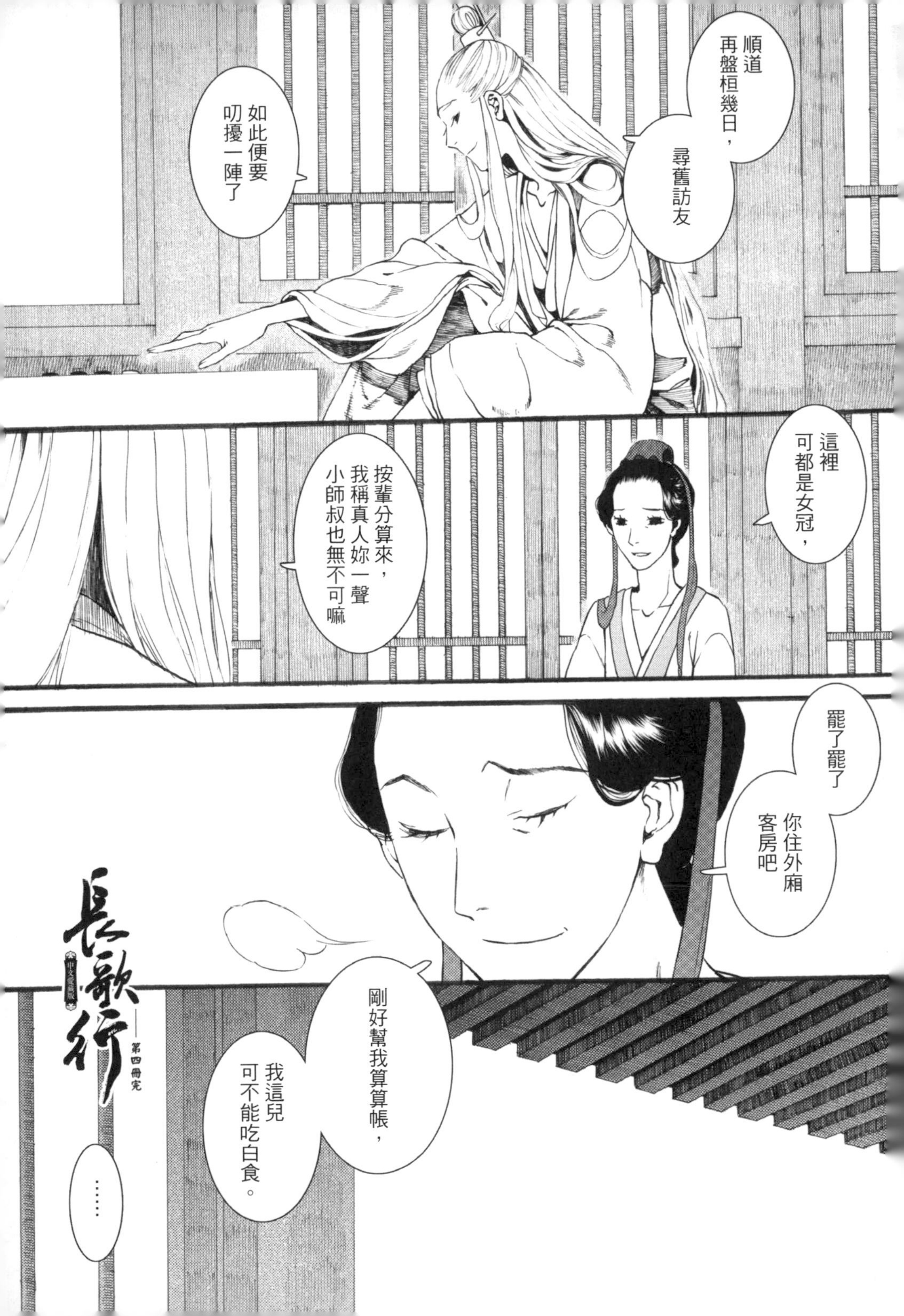
順道再盤桓幾日，
尋舊訪友
如此便要叨擾一陣了
這裡可都是女冠，
按輩分算來，我稱真人妳一聲小師叔也無不可嘛
罷了罷了
你住外廂客房吧
剛好幫我算算帳，
我這兒可不能吃白食。
……
長歌行
中文愛藏版
第四冊完

長歌行
出場人物
重要關係圖
東突厥
叔姪
阿史那社爾
敵對
頡利可汗
收養
阿史那隼
盟友
敵對
唐
李世民
滅門之仇
李長歌
心腹
穆金
同盟
家臣
教導
追查
魏徵
房玄齡
李淳風
杜如晦
知交
師徒
主從
彌彌古麗
雁行門
秦古
同為玄門
流雲觀
收留
救助
救助
靜澹眞人
荃娘
王碧
教導
部屬
阿寶
緒風

ACCC／浪漫畫系列005

長歌行 04

時報書碼：VYO2004

作　　者──夏達
協　　力──龔寅光、包子、阿飛、阿鳥、卓思楊
監　　製──姚非拉

責任編輯──曾維新
文字編輯──張毓玲
美術設計──林宜潔
封面題字──喬平

董 事 長
發 行 人──趙政岷

大好世紀
總 編 輯──夏曉雲

出 版 者──時報文化出版企業股份有限公司
10803台北市和平西路3段240號3樓
發行專線—（02）2306-6842
讀者服務專線— 0800-231-705・（02）2304-7103
讀者服務傳真—（02）2304-6858
郵撥— 19344724時報文化出版公司
信箱— 台北郵政79－99信箱
時報悅讀網— http://www.readingtimes.com.tw
電子郵件信箱—accc.love.comic@gmail.com
法律顧問— 理律法律事務所　陳長文律師、李念祖律師

印　　刷──勁達印刷有限公司
初版一刷──2015年9月18日
定　　價──新台幣180元

⊙行政院新聞局局版北市業字第八○號

國家圖書館出版品預行編目資料

長歌行4 / 夏達著. -- 初版. -- 臺北市：時報文化, 2015.09
196頁； 14.8x21公分. --
面； 公分. -- (ACCC系列;005)
ISBN 978-957-13-6370-7　(平裝)
1. 漫畫

Printed in Taiwan

本書由杭州夏天島影視動漫製作有限公司委託大好世紀創意志業有限公司授權時報出版在台灣地區獨家出版發行繁體中文版本。